MON LIVRE SURPRISE

Noël

FLEURUS

CHAQUE JOUR, DÉCOUVRE UNE NOUVELLE ACTIVITÉ POUR ATTENDRE NOËL.

Pour cela, rien de plus simple : sur chaque page, lis la blague, réponds à la devinette ou résous l'énigme ! Découvre ta récompense en ouvrant la pochette-surprise.

Détache délicatement les deux pages reliées entre elles. Si besoin, aide-toi d'une règle à passer tout doucement entre les deux pages.

Recettes, activités, super colos, loisirs créatifs... Découvre tout ce qu'il faut pour créer une atmosphère féerique et attendre le Père Noël !

1 ÉNIGME RÉSOLUE = 1 CADEAU !

ES-TU INCOLLABLE SUR NOËL ?

Merveilleux cadeau !

En 1886, la France offre un cadeau de Noël très spécial aux États-Unis. Elle est très grande et tient une torche à bout de bras... De quoi s'agit-il?

De la statue de la Liberté.

Drôle de nuit...

Au Mexique, le 23 décembre est l'occasion d'une grande fête. Un légume est à l'honneur et sculpté de mille façons... Lequel est-ce?

Le radis.

Le sais-tu ?

Jusqu'en 1850, on utilisait des pommes pour décorer les sapins. Mais suite à une vague de sécheresse, impossible de récolter les fruits !
Un artisan a alors eu l'idée de les remplacer par des créations en verre. Les boules étaient nées !

Au placard !

En Norvège, on est persuadé que les mauvais esprits errent dans le ciel la veille de Noël ! Par prudence, les gens placent la monture préférée des sorcières bien à l'abri des regards. De quoi s'agit-il?

Des balais.

Noël sur le sable !

Où peut-on fêter Noël en été?

En Australie.

1

CHARADE

Mon premier est la première syllabe de cheveux.

Mon deuxième se trouve à l'intérieur du pain.

Mon troisième se trouve au milieu du visage.

C'est par mon tout que le Père Noël entre parfois dans les maisons.

Qui suis-je ?

CALENDRIER DE L'AVENT

MATÉRIEL

Des crayons • Une paire de ciseaux • De la colle
Du masking tape • 24 rouleaux de papier toilette
25 bonbons, mots doux, chocolats...
Une boîte à chaussures • Du papier cadeau

1. Découpe délicatement les étiquettes de la page de droite en suivant les pointillés.
2. Colorie les ronds avec tes couleurs préférées.
3. Prends les 24 rouleaux de papier toilette et colle les ronds dessus.
4. Plie le bas d'un rouleau, insère ta surprise et plie ensuite le haut pour refermer la petite boîte créée.
5. Décore les petits paquets avec du masking tape ou des autocollants.
6. Enlève le couvercle de ta boîte à chaussures et recouvre le reste de papier cadeau.
7. Place tous tes petits paquets à l'intérieur de la boîte et mets-la au pied du sapin.

Devinettes de Noël

Il n'y a pas que les chocolats dans la vie ! Glisse des blagues de Noël dans ton calendrier pour donner le sourire à ceux que tu aimes.

Quel est le comble pour un bonhomme de neige ?

Fondre en larmes.

Pourquoi les gens sont tous fous en hiver ?

Parce qu'ils sont givrés.

Que met un Inuit quand il va à la plage ?

De la crème polaire !

Quel objet est le plus frileux ?

Le livre, car il se cache toujours sous une couverture.

Gentilles attentions !

L'esprit de Noël peut s'inviter dans ton calendrier de l'avent. Pour cela, glisse un petit bon dans chacun de tes paquets. Ainsi, tu offriras de chouettes moments en famille en plus d'une gourmandise.

Voici quelques idées pour t'inspirer :

- *Bon pour un massage tout doux*
- *Bon pour un gâteau fait maison*
- *Bon pour une soirée cinéma et pop-corn*
- *Bon pour un gros câlin*
- *Bon pour une soirée crêpes*

1 2 3 4 5

6 7 8 9 10

11 12 13 14 15

16 17 18 19 20

21 22 23 24

2

DEVINETTE

Comment appelle-t-on un chat tombé dans un pot de peinture le jour de Noël ?

OUVRE VITE POUR DÉCOUVRIR TA SURPRISE !

SUSPENSION EN PAPIER

MATÉRIEL

- Un crayon
- Une paire de ciseaux
- De la colle

1. Découpe le long de la ligne de pointillés rouges pour détacher la feuille.
2. Plie la feuille en diagonale de façon à avoir tous les pointillés blancs du même côté.
3. À l'aide de ciseaux, découpe le long des pointillés. Sois bien précis : il ne faut pas découper plus qu'indiqué.
4. Déplie délicatement ta feuille pour qu'elle reprenne une forme carrée.
5. Place un crayon au milieu et enroule le premier triangle autour. Utilise de la colle pour fixer les deux parties. Retire le crayon.
6. Laisse les deux triangles suivants et colle ceux d'après. Ainsi, tu assembleras une fois sur deux les découpes de ce côté. Tu peux t'aider du modèle en collant les morceaux avec les pastilles identiques.
7. Une fois les quatre triangles joints de ce côté, retourne ton objet. Tu peux alors coller les éléments que tu avais laissés en attente.
8. Fais un petit trou en haut de ta décoration avec la pointe du crayon et attache une petite ficelle.

3

DEVINETTE

Qu'est-ce qui a
34 jambes,
9 têtes,
2 bras ?

OUVRE VITE POUR DÉCOUVRIR TA SURPRISE !

CRAYONS MIGNONS

MATÉRIEL

Des crayons • Une paire de ciseaux • De la colle

1. Découpe délicatement les éléments de la page de droite en suivant les pointillés.
2. Prends le crayon que tu souhaites customiser et place-le sur ta décoration posée à plat.
3. À l'aide d'un autre crayon, dessine le contour du crayon posé.
4. Mets de la colle sur une des faces intérieures de ta décoration en veillant à ne pas en mettre sur la zone où sera placé ton crayon.
5. Replie les faces de ta décoration l'une sur l'autre.
6. Avant que ton élément soit bien sec, insère la pointe de ton crayon dans la zone non collée et ouvre-la pour former une petite bosse. Retourne ton crayon et glisse-le à l'intérieur.
7. Avec tes doigts, aplatis les bords tout autour de ton crayon pour que ta décoration reste bien en place. Admire le résultat !

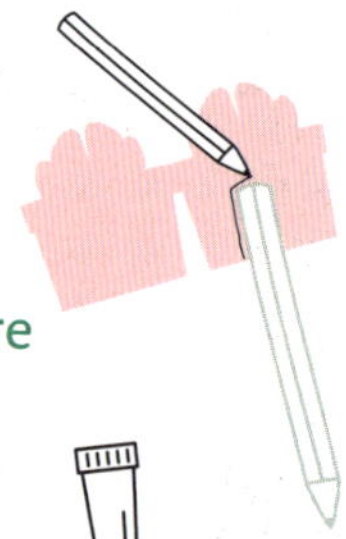

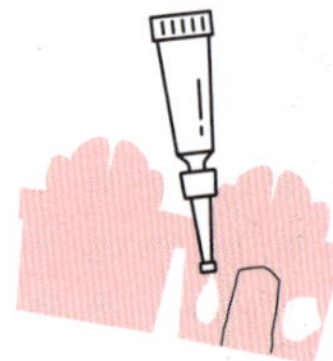

Prépare ta liste de Noël

Pour éviter les déceptions le soir de Noël, réfléchis bien à ce qui te ferait vraiment plaisir. À quoi joues-tu le plus souvent? Te manque-t-il quelque chose dans ta chambre? Y a-t-il un spectacle auquel tu rêves d'assister?

Mieux vaut peu de cadeaux sur une liste mais des cadeaux qui te feront plaisir à coup sûr !

Une fois décidé, choisis une jolie feuille de papier, écris, découpe ou dessine ce qui te fera plaisir. N'oublie pas de soigner la décoration. Le Père Noël n'en sera que plus touché.

DEVINETTE

Que dit un sapin qui arrive en retard le soir de Noël ?

OUVRE VITE POUR DÉCOUVRIR TA SURPRISE !

MON BEAU SAPIN

MATÉRIEL

Une paire de ciseaux • De la colle

1. Découpe les éléments de la page de droite en suivant les pointillés.
2. Découpe une petite fente dans chaque sapin en suivant les pointillés.
3. Associe deux moitiés de sapin en glissant une fente située en haut d'un sapin dans celle située en bas d'un autre.

Vive le vent

Refrain :

Vive le vent, vive le vent
Vive le vent d'hiver
Qui s'en va sifflant, soufflant
Dans les grands sapins verts
Oh ! Vive le temps, vive le temps
Vive le temps d'hiver
Boule de neige et jour de l'an
Et bonne année grand-mère...

Sur le long chemin
Tout blanc de neige blanche
Un vieux monsieur s'avance
Avec sa canne dans la main
Et tout là-haut le vent
Qui siffle dans les branches
Lui souffle la romance
Qu'il chantait petit enfant.

Refrain

Et le vieux monsieur
Descend vers le village
C'est l'heure où tout est sage
Et on danse au coin du feu
Et dans chaque maison
Il joue un air de fête
Partout la table est prête
Et on entend la même chanson...

Mon beau sapin

Mon beau sapin, roi des forêts,
Que j'aime ta verdure !
Quand, par l'hiver, bois et guérets
Sont dépouillés de leurs attraits,
Mon beau sapin, roi des forêts,
Tu gardes ta parure.

Toi que Noël planta chez nous
Au saint anniversaire !
Joli sapin, comme ils sont doux,
Et tes bonbons et tes joujoux !
Toi que Noël planta chez nous,
Tout brillant de lumière.

Mon beau sapin, tes verts sommets
Et leur fidèle ombrage,
De la foi qui ne ment jamais,
De la constance et de la paix,
Mon beau sapin, tes verts sommets
M'offrent la douce image.

5

CHARADE

Pour fêter la nouvelle année,
on s'embrasse sous mon premier.

Mon second est un préfixe
qui indique la répétition.

Mon troisième n'est pas rapide.

Mon quatrième est le double de 1.

Mon tout décore le sapin

Qui suis-je ?

OUVRE VITE
POUR DÉCOUVRIR
TA SURPRISE !

CHOCOLATS DE NOËL

INGRÉDIENTS :

- Trois tablettes de chocolat (noir, blanc et au lait)
- Du pralin en poudre ou de la noix de coco râpée
- Des perles de sucre ou des vermicelles colorés
- Des caissettes en papier

1. Déplie autant de caissettes que tu souhaites fabriquer de chocolats.
2. Découpe les carrés de chocolats et places-en deux ou trois morceaux par caissette. Varie les chocolats pour avoir différentes saveurs.

3. Préchauffe ton four à 60 °C.
4. Place tes caissettes sur une plaque et enfourne 10 min. Ton chocolat doit être fondu.
5. Sors ta plaque du four. Décore tes chocolats en mélangeant légèrement avec une fourchette pour créer des marbrures.

6. Ajoute de la noix de coco râpée ou du pralin selon tes goûts. Termine en saupoudrant de vermicelles pour donner de la couleur !
7. Laisse refroidir avant de démouler tes chocolats. Tu peux ensuite les déguster pour le goûter ou les offrir à tes amis !

Découpe ta pochette cadeau !

Choisis tes couleurs préférées et colorie la boule ci-contre.

Découpe les contours de la pochette avec une paire de ciseaux.

Replie les rabats vers l'intérieur en suivant les pointillés.

Dépose de la colle sur les zones grises. Replie le rabat du bas, puis le gauche et enfin le droit. Pince bien pour que tout tienne.

Glisse tes chocolats dans la pochette et plie le rabat du haut. Ferme l'ensemble avec un petit morceau de ruban adhésif.

Joyeux Noël

6

ÉNIGME

Comme le coton, il est léger,
Et de glace il est constitué.
Cette céréale déshydratée
est idéale au petit déjeuner.
Qui est-il ?

OUVRE VITE POUR DÉCOUVRIR TA SURPRISE !

GUIRLANDE DE FLOCONS

MATÉRIEL : Une feuille de papier carrée • Une paire de ciseaux

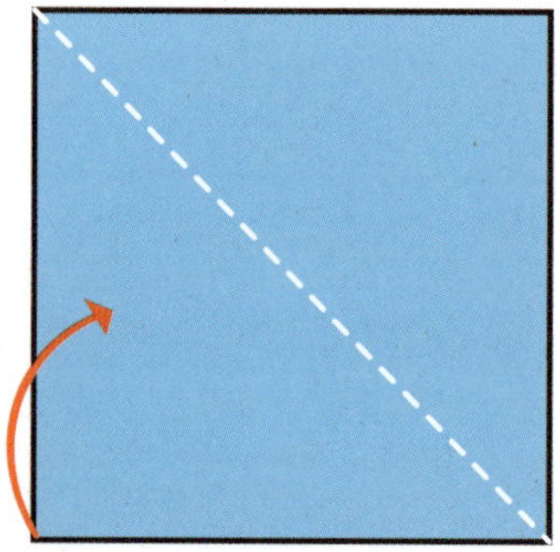

1 Plie ta feuille en deux dans le sens de la diagonale.

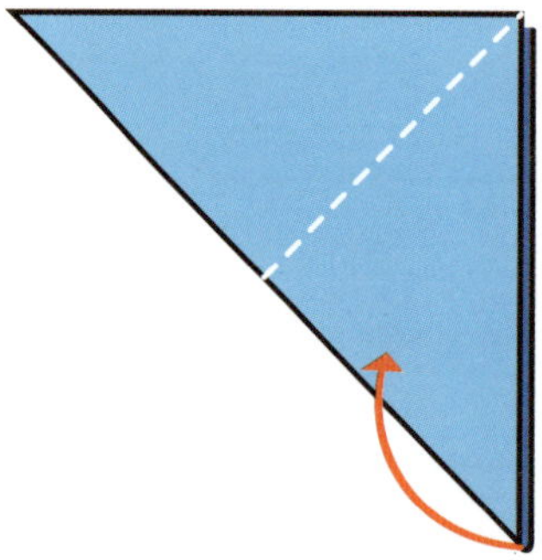

2 Plie à nouveau ta feuille en deux.

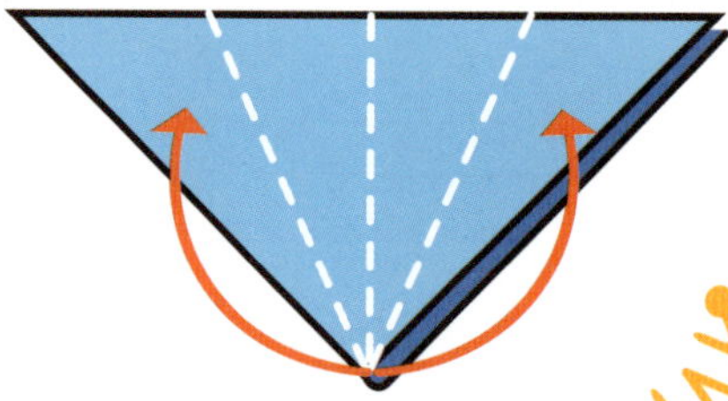

3 Rabats les côtés du triangle obtenu vers l'intérieur. Les deux bords extérieurs doivent former une ligne au centre. Retourne ensuite ton pliage.

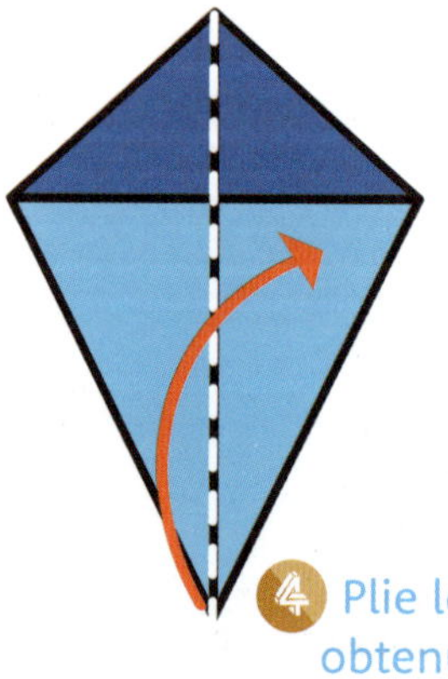

4 Plie le losange obtenu en deux.

5 Prends tes ciseaux et coupe la partie supérieure du papier.

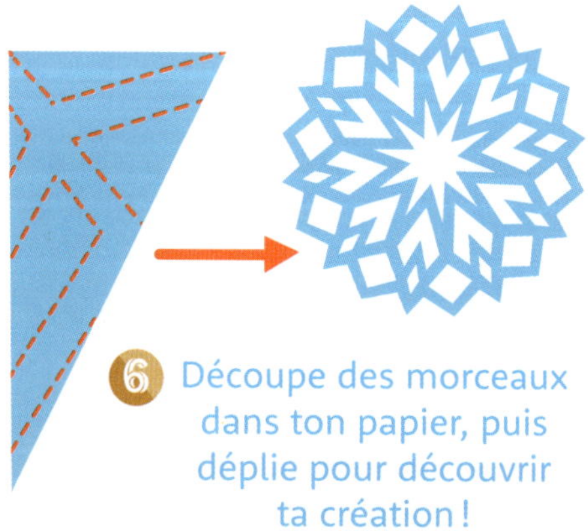

6 Découpe des morceaux dans ton papier, puis déplie pour découvrir ta création !

MATÉRIEL

- Des feuilles de papier
- Une aiguille
- Du fil

1. Suis le pas-à-pas en page de gauche pour réaliser 8 magnifiques flocons. Choisis des feuilles blanches, coloriées ou même avec des motifs de Noël. Laisse parler ta créativité !
2. Inspire-toi des modèles ci-contre pour avoir les flocons les plus variés possible.
3. Déplie les flocons délicatement et place-les dans l'ordre de ta guirlande.
4. Découpe une longueur de fil d'environ 1 m et enfile-le dans le chas de ton aiguille.

   À l'aide de ton aiguille, perce le haut de chaque flocon et fais glisser le fil.
5. Place ta création bien à plat sur une table pour répartir les flocons sur ton fil. Ils doivent être à une distance égale les uns des autres.
6. Accroche ta création dans ta chambre avec un peu de ruban adhésif !

Suis les modèles pour réaliser des flocons de formes différentes !

Prépare ta chambre !

Avant de décorer ta chambre aux couleurs de Noël, fais un grand tri. Chaque week-end de décembre, choisis une zone et retrousse-toi les manches !

Tu peux commencer par ton bureau si tu en as un. Trie les feuilles déjà utilisées, les crayons qui ne fonctionnent plus.

Tu peux t'attaquer à ta bibliothèque. Mets de côté les livres qui ne te plaisent plus ou qui sont pour les enfants plus jeunes.

Et ainsi de suite avec tes jouets. Mets d'un côté ceux qui sont cassés ou incomplets et de l'autre ceux que tu ne veux plus utiliser.

Tu peux ainsi faire un grand tri et donner à une association tout ce qui est encore en bon état et faire plaisir à ceux qui en ont besoin.

BLAGUE

Un bonhomme de neige s'approche d'un autre et dit :

- Tu ne trouves pas qu'il y a une odeur bizarre dans l'air ?

- Tu as raison, acquiesce son ami. Depuis ce matin, je trouve que ça sent la carotte !

OUVRE VITE POUR DÉCOUVRIR TA SURPRISE !

SPECTACLE DE NOËL !

Fabrique ton petit théâtre !

Prends un petit carton et plie-le en trois.

Découpe les deux côtés de façon à ce que le fronton de ton théâtre se retrouve sur la zone du milieu. Aide-toi du modèle si besoin.

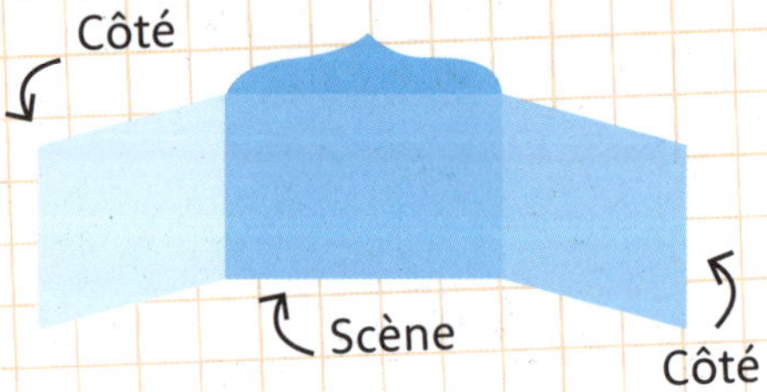

À l'aide d'une paire de ciseaux pointus, découpe une fenêtre sur la partie scène de ton théâtre.

MATÉRIEL

Un feutre fin • Une paire de ciseaux
Du ruban adhésif • Un cutter

1. Découpe les éléments de la page de droite en suivant les pointillés.
2. Choisis le côté en couleur ou celui à colorier. Si tu choisis ce dernier, colorie-le avec des crayons de couleur.
3. Avec une paire de ciseaux pointus, évide l'intérieur des visages de tes marionnettes.
4. Sélectionne une marionnette de ton choix, utilise le bandeau blanc pour l'enrouler autour de ton doigt et fixe-le avec un morceau de ruban adhésif.
5. Prends un feutre fin et dessine un visage sur ton doigt pour donner de la personnalité à ta marionnette !
6. C'est parti pour le spectacle !

Décore ta scène !

Avec de la peinture, décore le contour de ta scène. Ajoute aussi des dessins sur les côtés. Découpe dans du papier rouge deux petits rideaux et viens les coller avec du ruban adhésif.

8

ÉNIGME

La barbe
du Père Noël pousse très vite.
Elle double de taille tous les jours !
Sachant qu'elle met 10 jours
pour toucher le sol, en combien
de temps lui arrivera-t-elle
au milieu des cuisses ?

OUVRE VITE
POUR DÉCOUVRIR
TA SURPRISE !

TABLE DE FÊTE !

Crée un joli centre de table

Récupère quelques branches de sapin, des pommes de pin, des bâtons de cannelle, des noix, des clémentines...

Commence par assembler les branches ensemble. Accroche-les avec de la ficelle pour que cela tienne bien.

À l'aide d'un pistolet à colle, ajoute les pommes de pin, les noix et tes autres décorations.

MATÉRIEL

Un petit clou • Des oranges
Des clous de girofle

Lanternes de Noël

MATÉRIEL

Une bougie LED • Une paire de ciseaux
Un feutre noir • Du ruban adhésif

1. Découpe les éléments de la page de droite en suivant les pointillés gris.
2. Choisis la bande qui te plaît et colorie les zones gris clair avec un feutre noir.
3. Une fois tous les éléments d'une bande coloriés, enroule-la sur elle-même.
4. Ferme le cercle avec un morceau de ruban adhésif.
5. Place une bougie LED au centre du cercle. Allume-la et observe ta création !

Oranges décorées

1. Prends un torchon et dispose-le sur la table pour la protéger des éclaboussures d'agrume.
2. Prends une première orange et place-la sur le torchon. Dessine un motif au crayon à papier sur tout le tour de ton orange.
3. Avec un petit clou, fais des trous espacés de 5 mm et qui suivent le dessin que tu viens de réaliser.
4. Prends des clous de girofle et pique-les dans les trous formés.
5. Laisse bien sécher avant d'utiliser ta décoration.

9

ÉNIGME

Au pôle Nord, le Père Noël a été enlevé ! Mais, comme c'est Noël, les bandits lui laissent le choix de son supplice.

- Préfère-t-il être privé de nourriture ?
- Se faire dévorer par un ours brun ?
- Ou être attaché à un sapin enflammé ?

Quelle option le Père Noël doit-il choisir pour avoir une chance de s'en sortir ?

OUVRE VITE POUR DÉCOUVRIR TA SURPRISE !

COCOTTE FESTIVE

MATÉRIEL : Une feuille de papier A4 réduite en carré
Une paire de ciseaux • De la colle

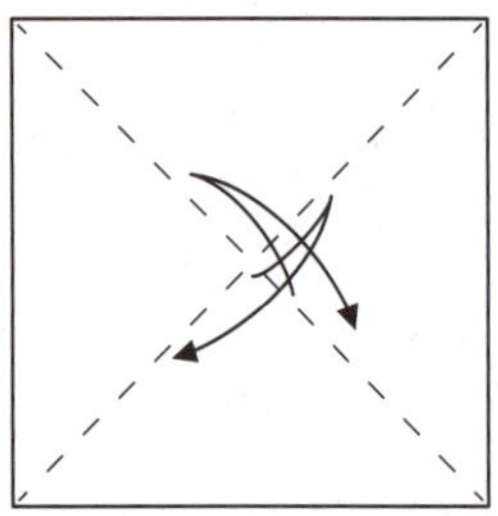

1. Plie ta feuille en deux dans le sens des diagonales pour marquer le centre de ton carré puis déplie tout.

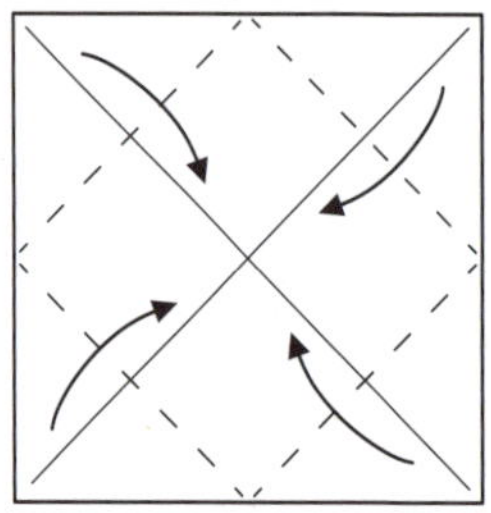

2. Rabats les quatre coins de ta feuille vers le milieu du carré.

3. Retourne ta feuille. Plie à nouveau les quatre coins vers le milieu du carré.

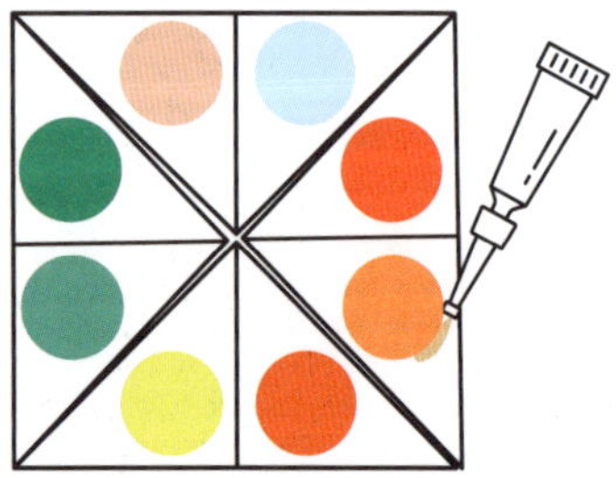

4. Retourne ton pliage et colle les éléments que tu as découpés sur la page d'à côté.

5. Déplie au fur et à mesure les triangles pour y écrire des gages ou des blagues. Replie-les ensuite.

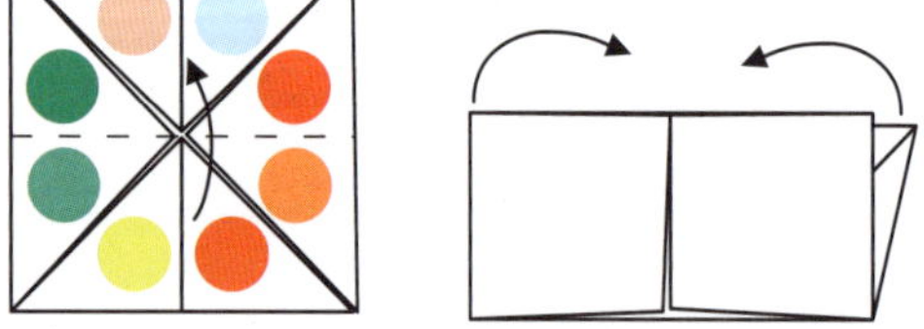

6. Plie ton origami en deux et écarte les languettes pour y placer tes doigts.

Gages en pagaille

Pour une cocotte bien réussie il faut des gages amusants.

Voici quelques idées pour un Noël pas comme les autres.

- Chante une chanson de Noël.
- Nomme cinq choses qu'on peut accrocher sur un sapin.
- Cite dix mots sur le thème de Noël.
- Imite une dinde de Noël.
- Trouve trois prénoms qui conviendraient au Père Noël.
- Invente cinq prénoms que pourraient porter les lutins du Père Noël.
- Invente trois noms qu'on pourrait donner aux rennes du Père Noël.
- Cite cinq cadeaux horribles qui tu détesterais recevoir.

10

DEVINETTE

Monsieur et Madame Nord
ont un fils.

Comment s'appelle-t-il ?

OUVRE VITE
POUR DÉCOUVRIR
TA SURPRISE !

COCKTAIL DE FÊTE

MATÉRIEL

Un grand verre • De l'eau pétillante • Du sucre en poudre
Du jus de citron • Du sirop de grenadine • Deux assiettes
Des bonbons en forme d'ourson

1. Verse quelques gouttes de grenadine dans une assiette à dessert.
2. Verse du sucre dans une seconde assiette.
3. Prends un verre, retourne-le et trempe les bords dans le sirop puis dans le sucre. Tu peux répéter cette étape s'il n'y en a pas assez la première fois.
4. Retourne ton verre et laisse-le sécher.
5. Place des bonbons au fond de ton verre puis remplis-le d'eau pétillante.
6. Ajoute quelques gouttes de citron puis un peu de sirop de grenadine.
7. À l'aide d'un bâton, mélange le tout et déguste sans tarder !

Mélangeurs de Noël

Découpe les éléments de la page de droite en suivant les pointillés.

Choisis ceux que tu préfères et colle-les à l'aide d'un morceau de ruban adhésif sur de longues baguettes en bois.

Réalise autant de mélangeurs que tu auras d'invités le soir de Noël.

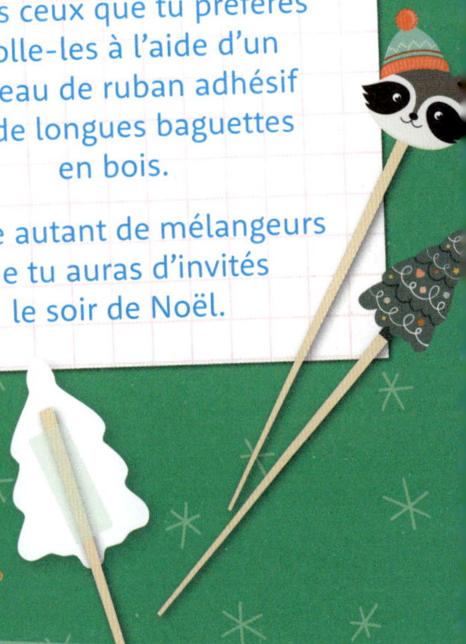

Festival des arômes

N'hésite pas à faire varier les saveurs de ton cocktail. Choisis ton sirop préféré !

Tu peux aussi remplacer le citron par quelques gouttes de jus de pamplemousse.

Pour la déco, tu peux aussi remplacer les bonbons par des glaçons colorés à base de sirop et d'eau.

11

CHARADE

Mon premier est le contraire de froid.

Mon deuxième se trouve en haut d'une chemise ou d'un manteau.

Mon troisième est la première lettre de l'alphabet.

Mon tout s'offre souvent à Noël pour les gourmands.

OUVRE VITE
POUR DÉCOUVRIR
TA SURPRISE !

FAIS UN VŒU

Un vrai porte-bonheur

Formule avec soin un souhait ou quelque chose qui te tient à cœur pour l'année à venir. Attention, ce vœu ne regarde que toi !

Colorie au feutre l'œil gauche de ton Père Noël.

Pose ta statuette porte-bonheur dans ta chambre. Elle doit être bien en évidence et en hauteur pour que tu penses dès que possible à l'objectif que tu t'es fixé.

Dès que ton vœu se réalise, colorie l'œil droit pour terminer le visage de ton Père Noël.

Tu peux ainsi garder ce petit objet et te souvenir du temps et des efforts nécessaires pour que ton vœu soit exaucé.

MATÉRIEL

Des crayons de couleur • Une paire de ciseaux
De la colle

1. Découpe le Père Noël ci-contre en suivant les pointillés.
2. Choisis la version coloriée ou à colorier. Si tu préfères colorier, utilise tes crayons et ajoute des couleurs en pensant bien fort à ton vœu.
3. Plie ta création le long des traits gris et colle la languette verticale rouge avec le bord droit.
4. Assemble ensuite le fond de ta boîte.
5. Dépose à l'intérieur le vœu que tu rêves de voir exaucé.
6. Ferme la boîte et scelle-la avec un peu de colle.
7. Colorie l'un des yeux de ta statuette et pose ta création bien en évidence dans ta chambre.

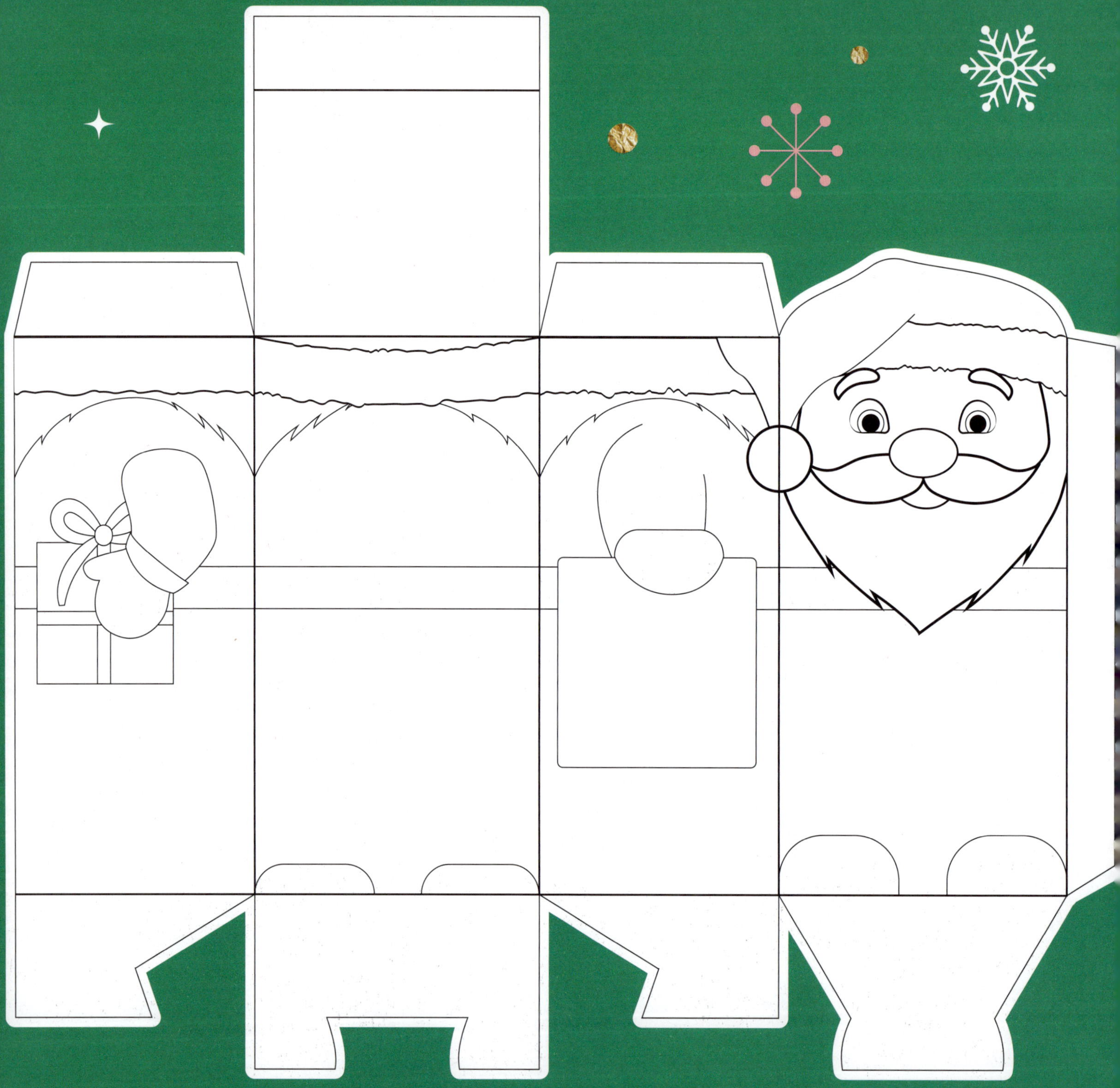

12

CHARADE

Mon premier est la 11e lettre de l'alphabet.

Mon deuxième est la forme masculine de « cette ».

Mon troisième est un fruit à coque très dur.

Mon quatrième vient après six.

Mon tout est le spectacle de Noël préféré des écureuils.

Qui suis-je ?

OUVRE VITE POUR DÉCOUVRIR TA SURPRISE !

PANTINS ARTICULÉS

MATÉRIEL

Des crayons de couleur • Une paire de ciseaux
De la ficelle • Une aiguille

1. Découpe les pantins ci-contre en suivant bien les pointillés.
2. Choisis le côté que tu préfères. Tu pourras ainsi inventer tes propres casse-noisettes si tu le souhaites.
3. Prends le chapeau de ton choix. Avec la pointe des ciseaux, fais un petit trou dans la zone indiquée et viens fixer une attache sur la tête de ton personnage.
4. Écarte bien les tiges de ton attache et fixe l'ensemble avec deux petits morceaux de scotch.
5. Procède de la même manière pour les autres parties du corps de tes personnages.
6. À l'aide d'une aiguille, viens passer un morceau de ficelle dans le chapeau de ton pantin. Tu pourras ainsi facilement l'accrocher dans ton sapin de Noël.

Dessin rigolo

Amuse-toi à inventer de drôles de personnages en famille. Prends autant de feuilles qu'il y a de participants et plie-les en quatre.

Déplie les feuilles et distribues-en une à chacun. Première étape : tout le monde dessine une tête en haut de sa feuille, plie pour cacher son œuvre, en laissant un tout petit bout de dessin dépasser, et passe à son voisin de droite.

Continuez de la même façon pour le dessin du ventre, des jambes et des chaussures. Ainsi, chaque participant aura dessiné une partie.

Déplie les chefs-d'œuvre et admire le résultat.

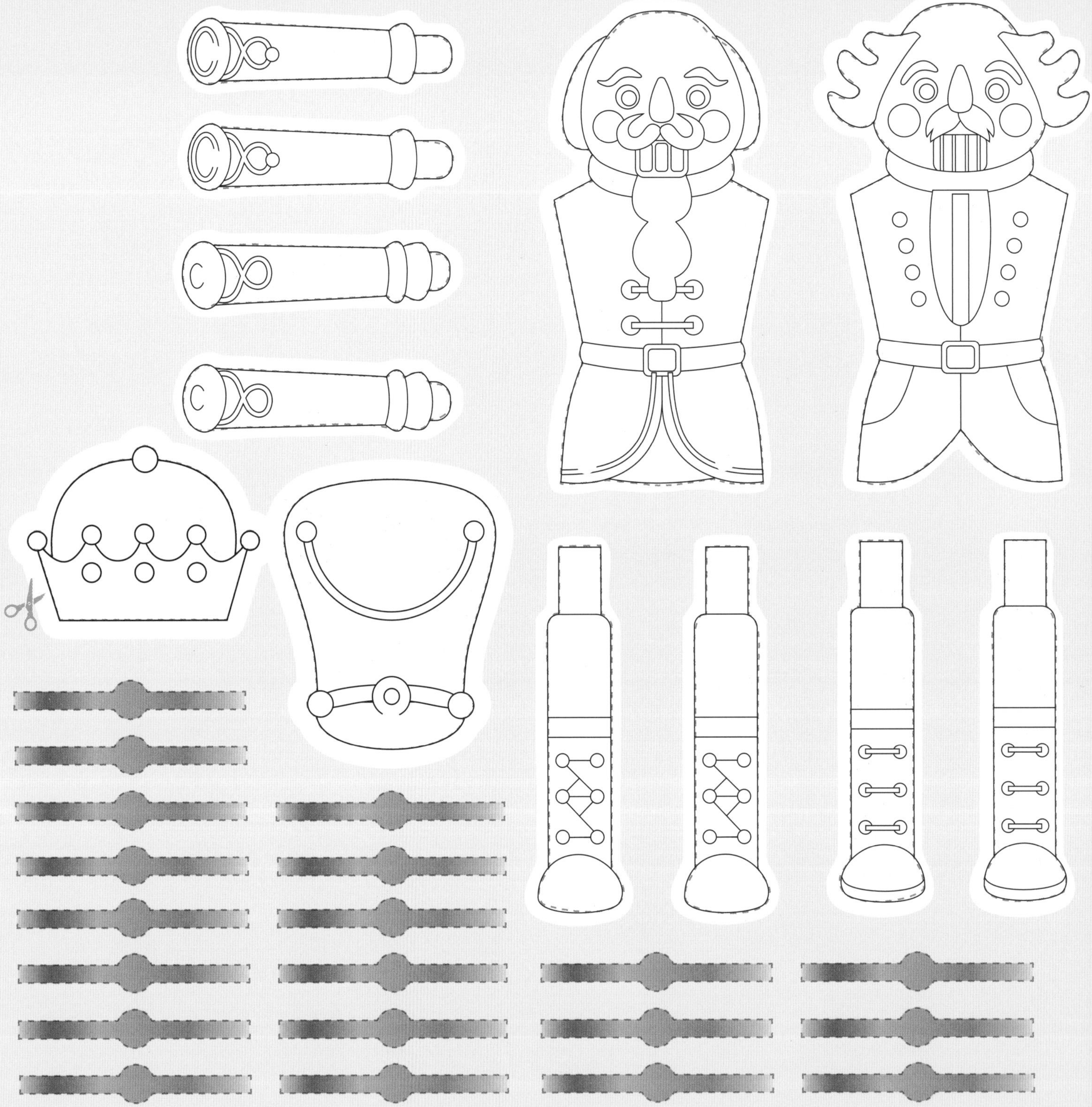

13

BLAGUE

À quoi reconnaît-on un très vieux bonhomme de neige ?

OUVRE VITE POUR DÉCOUVRIR TA SURPRISE !

ORIGAMI DE NEIGE

MATÉRIEL : Une feuille de papier carrée

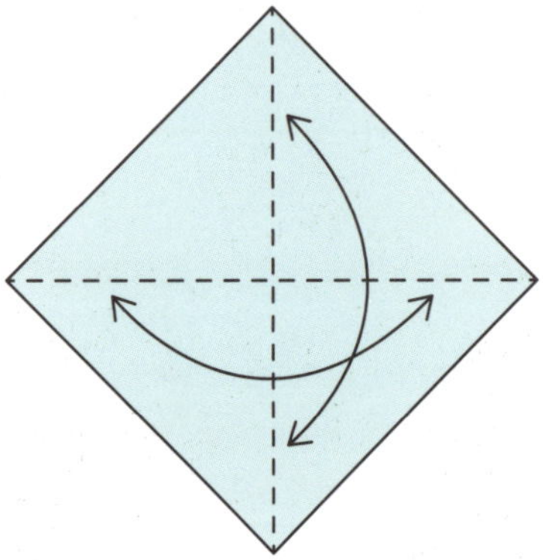

1 Plie ta feuille en quatre dans le sens des diagonales, puis déplie-la.

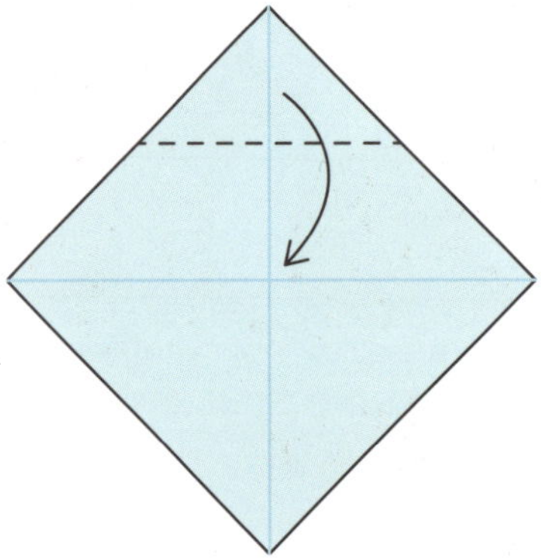

2 Plie un premier côté de façon à ce que le coin touche le centre de ta feuille.

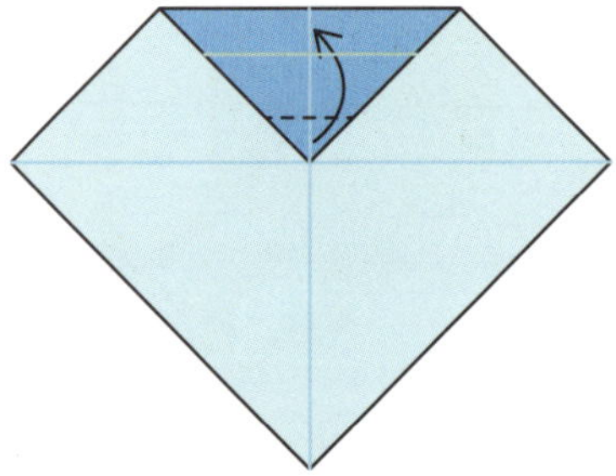

3 Replie le coin de ton triangle vers le haut jusqu'à la moitié de la zone bleue.

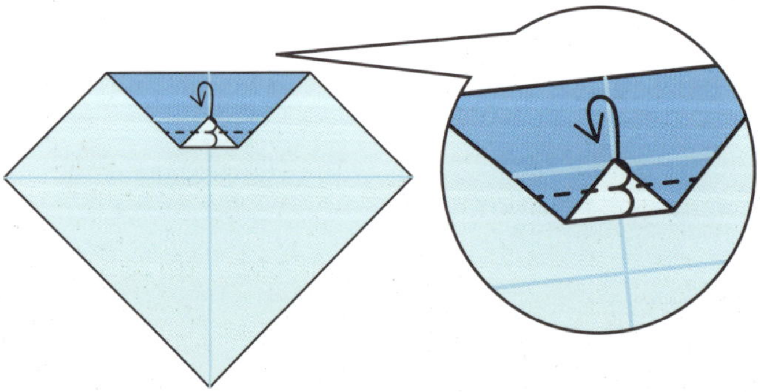

4 Replie une nouvelle fois pour former une petite bande.

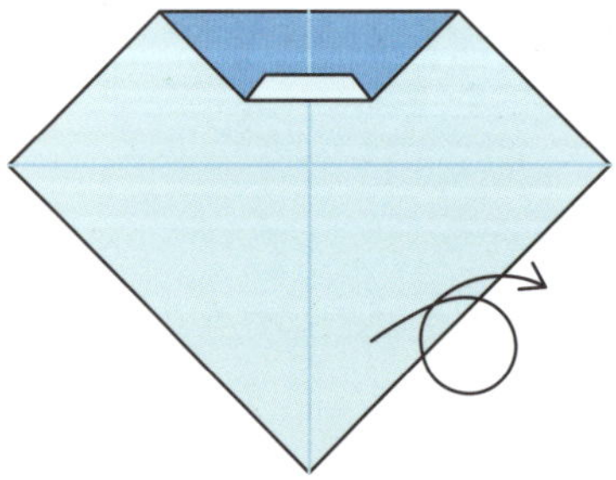

5 Retourne ton origami.

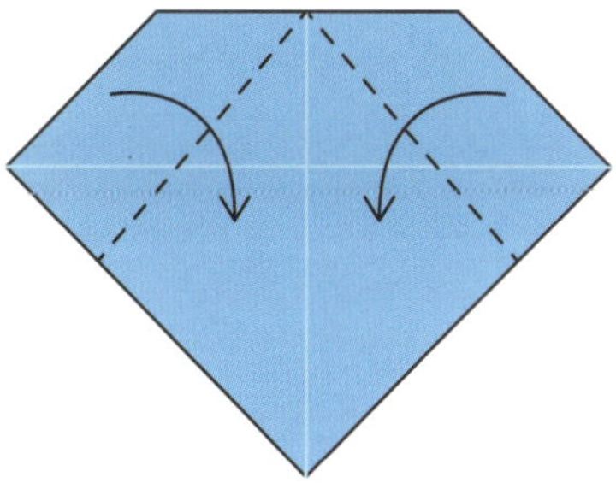

6 Plie les côtés de ton origami vers le centre comme sur le modèle.

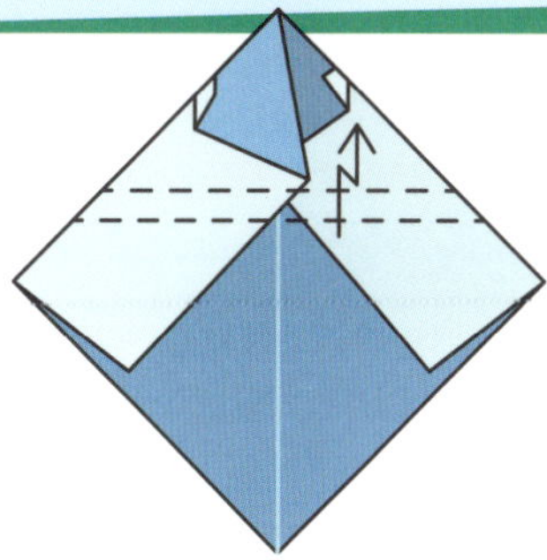

7 Prends le bas de ton origami et plie-le une fois vers le haut et une fois vers le bas en laissant une petite bande pliée.

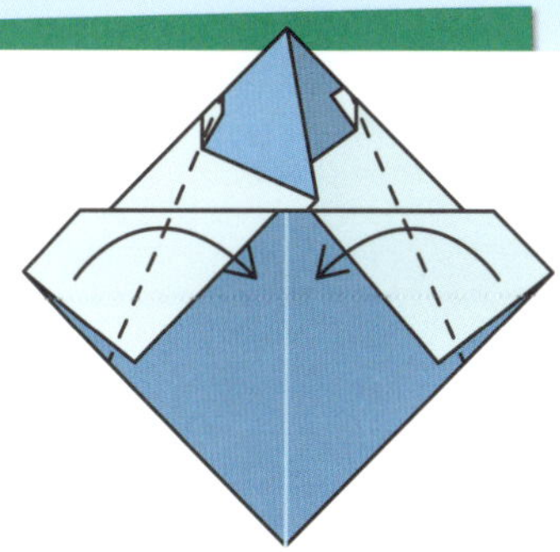

8 Replie maintenant les bords de ton origami vers l'intérieur.

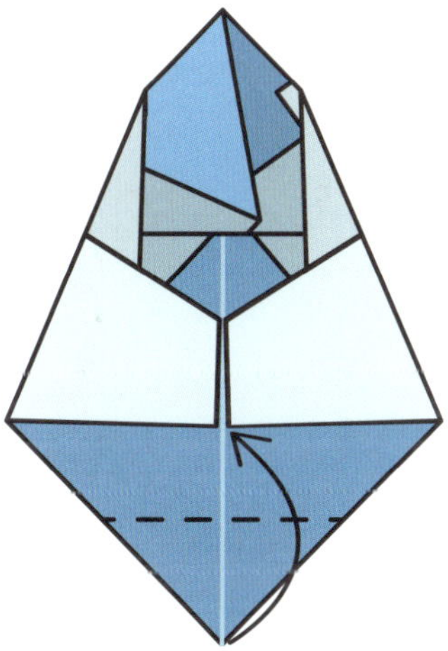

10 Plie la pointe en bas de ta feuille vers le haut.

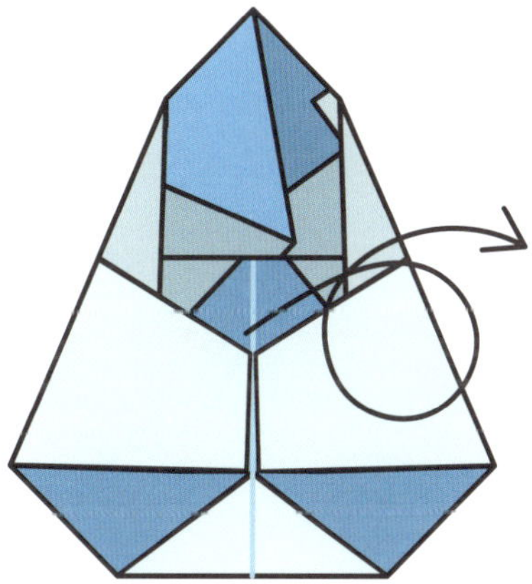

11 Retourne ton origami.

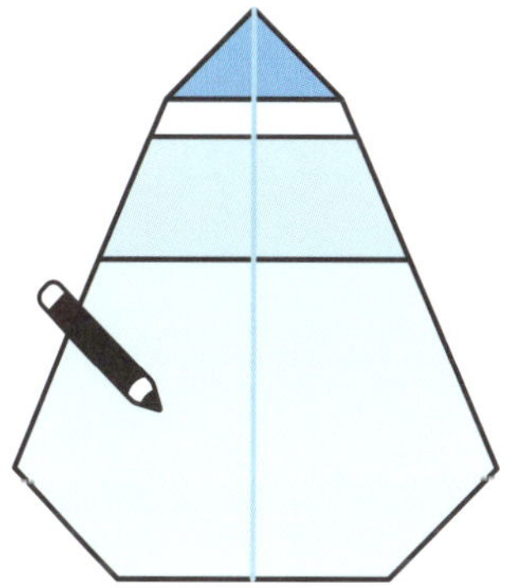

12 Tu peux maintenant dessiner un visage à ton bonhomme de neige en t'inspirant des modèles ci-dessous. N'oublie pas son écharpe !

14

ÉNIGME

Dessine le chalet du Père Noël sans passer deux fois sur le même trait.

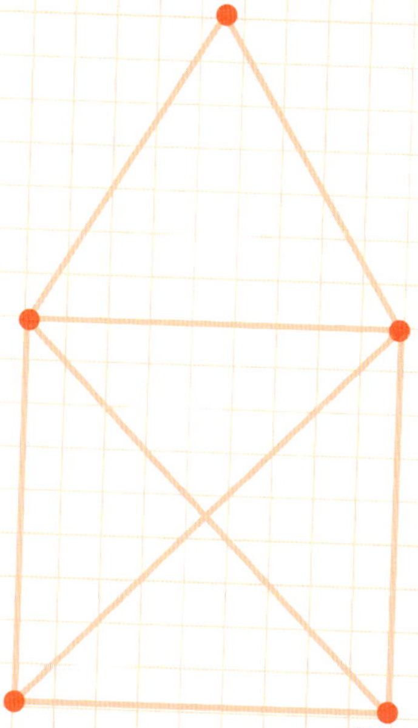

OUVRE VITE POUR DÉCOUVRIR TA SURPRISE !

APPRENDS À DESSINER

Je dessine un sapin

Je dessine une chaussette de Noël

Je dessine un bonhomme de pain d'épice

Complète ces cartes avec de jolis dessins et distribue-les à tes invités pour Noël.

JE T'INVITE

À ....

DE .... À ....

TÉL. : ....

DE LA PART DE ....

JE T'INVITE

À ....

DE .... À ....

TÉL. : ....

DE LA PART DE ....

JE T'INVITE

À ....

DE .... À ....

TÉL. : ....

DE LA PART DE ....

JE T'INVITE

À ....

DE .... À ....

TÉL. : ....

DE LA PART DE ....

JE T'INVITE

À ....

DE .... À ....

TÉL. : ....

DE LA PART DE ....

JE T'INVITE

À ....

DE .... À ....

TÉL. : ....

DE LA PART DE ....

15

DEVINETTE

*Lorsque je suis allemand,
j'aboie.*

*Mon étoile, quant à elle,
sert de repère à tous.*

Qui suis-je ?

OUVRE VITE
POUR DÉCOUVRIR
TA SURPRISE !

ÉTOILES COLORÉES

Décorations 100% naturelles

Pas besoin de courir les magasins pour avoir un joli sapin. Une balade en forêt suffit pour faire le plein de belles idées.

Ramasse des pommes de pin. Fais-les sécher 2 h au four à 80 °C avant de les peindre avec tes couleurs préférées.

Coupe des branches de houx et attache-les de façon à créer une magnifique couronne.

Ramasse des glands. Retire leurs chapeaux et peins les fruits en doré. Recolle les chapeaux à l'aide d'un pistolet à colle.

Ramasse des feuilles et fais-les sécher entre deux livres. Puis peins des motifs dessus avant de les assembler en guirlande.

MATÉRIEL

Des crayons de couleur • Une paire de ciseaux
De la ficelle • Du ruban adhésif • Une aiguille

1. Découpe les éléments ci-contre en suivant les pointillés.
2. Regroupe tes étoiles par paires. À l'aide de crayons de couleur, colorie chaque face. Attention, les étoiles qui vont ensemble doivent avoir des motifs identiques.
3. Découpe le long de la ligne de pointillés noirs. Sois précis, il ne faut pas dépasser.
4. Assemble deux étoiles en glissant une fente située en haut d'une étoile dans celle située en bas d'une autre.
5. Fais glisser légèrement ton étoile pour que celle du dessus soit légèrement décalée par rapport à celle du dessous.
6. Fixe le tout avec un morceau de ruban adhésif.
7. Avec une petite aiguille, fais un trou dans le haut de ta décoration.
8. Glisses-y un morceau de ficelle d'environ 10 cm et noue les extrémités ensemble.
9. Répète les étapes pour toutes les étoiles, accroche-les dans ton sapin et admire le résultat !

16

RÉBUS

Où habite le Père Noël ?

OUVRE VITE
POUR DÉCOUVRIR
TA SURPRISE !

MINI-MONDE ENCHANTÉ

MATÉRIEL

Une boîte de camembert en bois • Un cutter
Une paire de ciseaux • De la peinture • De la colle
De la Patafix®

1. Découpe les éléments de la page de droite en suivant bien les pointillés.
2. Prends ta boîte en bois et peins-la en bleu foncé pour masquer les écritures qui peuvent être présentes. Laisse bien sécher avant de passer à l'étape suivante.
3. À l'aide d'un pinceau, applique de la colle liquide au fond de ta boîte. Colle le ciel : ce sera le fond de ton tableau.

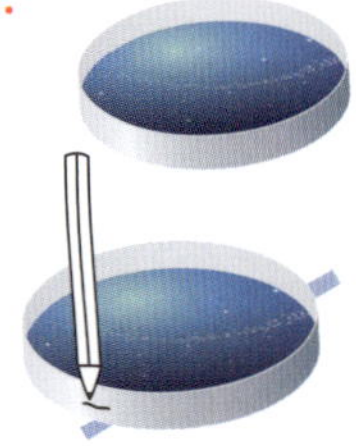

4. Prends la scène avec la maison et place des boules de Patafix® à l'arrière. Puis viens la fixer sur le fond de ta boîte. Cela donnera de la profondeur à ton paysage.
5. Avec un adulte, découpe au cutter une petite fente de la largeur des languettes qui dépassent du village de chaque côté de ta boîte. Insère ton décor et replie les languettes vers l'extérieur.

6. Procède de la même manière pour insérer les sapins, le Père Noël, les cadeaux puis la lune.

La danse des grelots !

Pour t'amuser le soir de Noël, voici un petit jeu amusant et très simple à mettre en place.

Prends une petite boîte en carton. Une boîte à chaussures ou une boîte de mouchoirs par exemple. À l'aide d'une paire de ciseaux, fais un trou de quelques centimètres de diamètre au centre de ta boîte.

Place une dizaine de grelots dans la boîte et referme-la avec du gros scotch. À l'aide d'un ruban, attache la boîte dans de dos d'un premier joueur.

Choisis une musique entraînante. Le joueur doit alors danser et faire sortir un maximum de grelots de la boîte.

17

BLAGUE

Un pingouin vient d'avoir un petit et le présente à ses amis.

– Alors qu'est-ce que c'est ? lui demandent-ils.

– Un petit glaçon !

OUVRE VITE POUR DÉCOUVRIR TA SURPRISE !

QUEL AMI DU PÈRE NOËL SERAIS-TU ?

1. Si tu étais le Père Noël, comment livrerais-tu les cadeaux ?

- En traîneau.
- À distance, avec une baguette magique.
- En parachute.

2. Comment réagirais-tu si tu croisais un lutin grincheux ?

- Je lui raconte des blagues.
- Je l'invite à manger.
- Je tourne les talons et le laisse avec sa mauvaise humeur.

3. Tu préfères...

- Noël.
- Ton anniversaire.
- Le carnaval.

4. Un sapin ne peut être parfait sans...

- Des boules multicolores.
- Une étoile au sommet.
- Des guirlandes dorées.

5. Quelle friandise de Noël te fait craquer ?

- Le pain d'épice.
- Le sucre d'orge.
- Les petits sablés.

6. Que préfères-tu à Noël ?

- Décorer ta maison.
- Ouvrir tes cadeaux.
- Retrouver toute ta famille.

7. Quand il fait froid dehors, qu'aimes-tu faire ?

- Regarder un film en famille.
- Préparer des crêpes.
- Faire un jeu de société.

8. Pour toi, les couleurs de Noël c'est...

- Du rouge et du doré.
- Du vert et du doré.
- Toutes les couleurs de l'arc-en-ciel !

9. Cette année, tu as été plutôt...

- Super sage.
- Super coquin.
- Super dissipé.

TU AS PLUS DE (rose)

Un renne fidèle !

Tu es doux, patient et surtout digne de confiance. Tes amis savent qu'ils peuvent toujours compter sur toi ! Continue ainsi et ton prénom sera gravé à jamais dans le grand livre des enfants extraordinaires.

TU AS PLUS DE (vert)

Un lutin travailleur !

Tu as toujours mille idées à la seconde et tes amis ont parfois du mal à te suivre. Mais surtout, tu adores les cadeaux et faire plaisir aux autres ! Ton aide serait précieuse dans l'atelier des cadeaux... Mais résisterais-tu à l'envie de les ouvrir ?

TU AS PLUS DE (orange)

Un p'tit bonhomme de pain d'épice !

Tu es plein de vie et ne tiens pas en place. Mais tu es tellement gentil que personne ne peut te résister. Mais attention, tu pourrais être rayé de la liste des enfants sages...

18

RÉBUS

Quels sont les bonbons préférés du Père Noël ?

OUVRE VITE POUR DÉCOUVRIR TA SURPRISE !

URGENCE COOKIES

INGRÉDIENTS

Un pot de confiture vide • 80 g de sucre
150 g de farine • 100 g de pépites de chocolat
1 sachet de levure chimique • Un ruban

1. Prends le pot à confiture et nettoie-le bien. Laisse sécher avant d'ajouter les ingrédients.
2. Verse la farine dans le pot. Ajoute ensuite la levure chimique.
3. Ajoute les pépites de chocolats.
4. Termine en versant le sucre. Cela doit former de belles couches.
5. Referme le pot avec le couvercle et demande à un adulte de bien tout sceller.
6. Découpe l'une des étiquettes ci-contre en suivant les pointillés.
7. Fais un trou dans l'étiquette et passes-y le ruban. Finis en attachant l'ensemble autour de ton pot.
8. Il ne te reste plus qu'à offrir ton pot à cookies au gourmand de ton choix !

Les cadeaux solidaires

Noël, c'est aussi l'occasion de penser aux plus démunis. Mais comment s'y prendre ? Tu peux commencer par trier tes jouets et les donner à des associations.

Tu peux aussi créer des cadeaux pour ceux qui n'en recevraient peut-être pas.

Prends une boîte à chaussures. Décore-la avec soin et place à l'intérieur :

- Un vêtement chaud (bonnet, gants, écharpe, chaussettes...)
- Un produit d'hygiène (savon, shampoing...)
- Une petite gourmandise (bonbons, chocolats...)
- Un loisir (livre, jouet, jeu de cartes...)

N'oublie pas de glisser aussi un dessin et un petit mot gentil avant de déposer ta boîte auprès d'une association.

Demande à tes parents de regarder sur Internet. Il y a forcément un point de collecte près de chez toi !

HO
HO
HO

POUR

EN CAS DE BESOIN AJOUTE 1 ŒUF ET 80 G DE BEURRE. MÉLANGE, FORME TES BISCUITS SUR UNE PLAQUE ET ENFOURNE 8 MIN À 180 °C.

POUR

EN CAS DE BESOIN AJOUTE 1 ŒUF ET 80 G DE BEURRE. MÉLANGE, FORME TES BISCUITS SUR UNE PLAQUE ET ENFOURNE 8 MIN À 180 °C.

POUR

EN CAS DE BESOIN AJOUTE 1 ŒUF ET 80 G DE BEURRE. MÉLANGE, FORME TES BISCUITS SUR UNE PLAQUE ET ENFOURNE 8 MIN À 180 °C.

POUR

EN CAS DE BESOIN AJOUTE 1 ŒUF ET 80 G DE BEURRE. MÉLANGE, FORME TES BISCUITS SUR UNE PLAQUE ET ENFOURNE 8 MIN À 180 °C.

POUR

EN CAS DE BESOIN AJOUTE 1 ŒUF ET 80 G DE BEURRE. MÉLANGE, FORME TES BISCUITS SUR UNE PLAQUE ET ENFOURNE 8 MIN À 180 °C.

POUR

EN CAS DE BESOIN AJOUTE 1 ŒUF ET 80 G DE BEURRE. MÉLANGE, FORME TES BISCUITS SUR UNE PLAQUE ET ENFOURNE 8 MIN À 180 °C.

POUR

EN CAS DE BESOIN AJOUTE 1 ŒUF ET 80 G DE BEURRE. MÉLANGE, FORME TES BISCUITS SUR UNE PLAQUE ET ENFOURNE 8 MIN À 180 °C.

POUR

EN CAS DE BESOIN AJOUTE 1 ŒUF ET 80 G DE BEURRE. MÉLANGE, FORME TES BISCUITS SUR UNE PLAQUE ET ENFOURNE 8 MIN À 180 °C.

19

ÉNIGME

Le Père Noël a reçu une drôle de lettre :

"Je n'ai ni frère ni sœur, mais tu dois gâter une personne en particulier...

Le père de cette personne est le fils de mon père."

À qui le Père Noël doit-il apporter un cadeau ?

OUVRE VITE POUR DÉCOUVRIR TA SURPRISE !

CHACUN SA PLACE

MATÉRIEL

Des crayons de couleur • Une paire de ciseaux
De la colle

1. Découpe les éléments ci-contre en suivant les pointillés gris.
2. Prends un premier marque-place et écris le prénom d'un des invités attendu pour le repas de Noël dans la zone au centre.
3. Plie une première fois les extrémités du fanion vers l'intérieur en suivant les pointillés bleus.
4. Replie une autre fois mais vers l'extérieur en suivant les pointillés rouges.
5. Choisis un petit symbole et colle-le au-dessus du prénom en faisant bien attention à ne pas le masquer.
6. Fais de même pour tous les autres invités attendus et installe-les sur ta table de Noël !

Une belle écriture

Pour réaliser des belles étiquettes, inspire-toi des lettres ci-dessous pour écrire les prénoms de tes invités.

a b c d e f

g h i j k l m

n o p q r s t

u v w x y z

A B C D E F G

H I J K L M N O

P Q R S T U V

W X Y Z

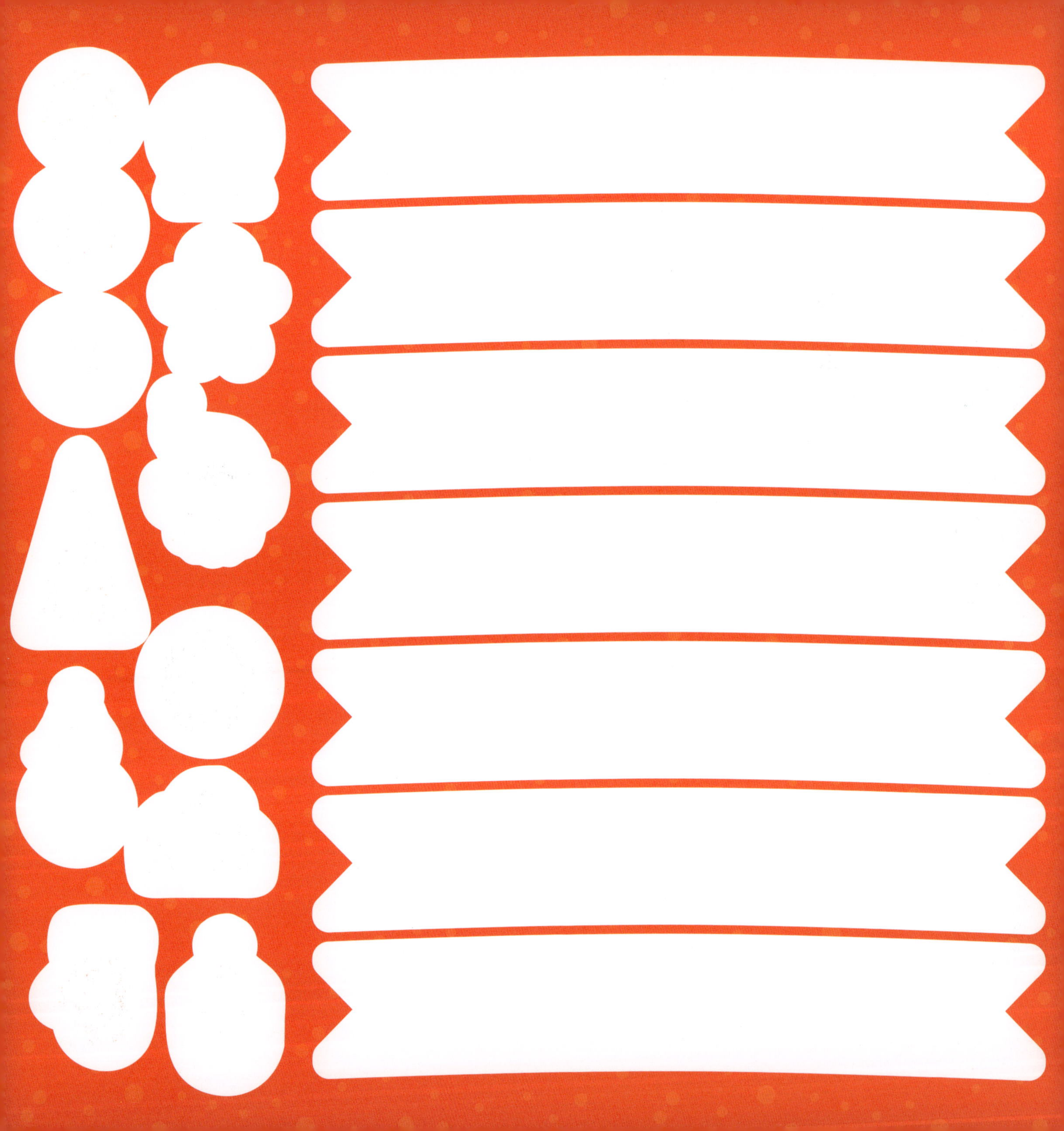

20

CHARADE

Mon premier est la deuxième note de musique de la gamme.

Mon deuxième est très attachant.

Mon tout aide le Père Noël à tirer son traîneau.

Qui suis-je ?

OUVRE VITE POUR DÉCOUVRIR TA SURPRISE !

QUI SUIS-JE ?

MATÉRIEL

Une paire de ciseaux • Du ruban adhésif

1. Découpe les éléments ci-contre en suivant les pointillés.
2. Choisis un côté. Colorie selon tes envies ou prends les bois déjà coloriés.
3. Avec deux morceaux de ruban adhésif, colle une bande de chaque côté des bois.
4. Place la couronne autour de ta tête. Si la longueur n'est pas suffisante pour faire tout le tour, ajoute une autre bande. Si c'est trop long, demande à un adulte de couper l'excédent.
5. Prends un morceau de ruban adhésif et fixe la bande autour de ta tête.

Règles du jeu

Positionne le bandeau à oreilles de renne autour de ta tête.

Pendant ce temps, les autres joueurs choisissent un personnage, un animal ou un objet, le note sur un papier et le glisse entre les bois.

La partie peut commencer. Pose des questions aux autres joueurs pour deviner quel personnage t'a été attribué. Attention : les réponses qui te seront apportées ne peuvent être que " oui " ou " non ". Adapte donc tes questions en conséquence.

Le joueur qui devine le plus rapidement remporte la partie !

Que faire deviner ?

Le Père Noël, un cadeau, une bûche, la Mère Noël, un sapin...

Un renne, un renard polaire, un chat, un chien, un phoque, un pingouin, un ours...

Une poupée, un train, un puzzle, un livre...

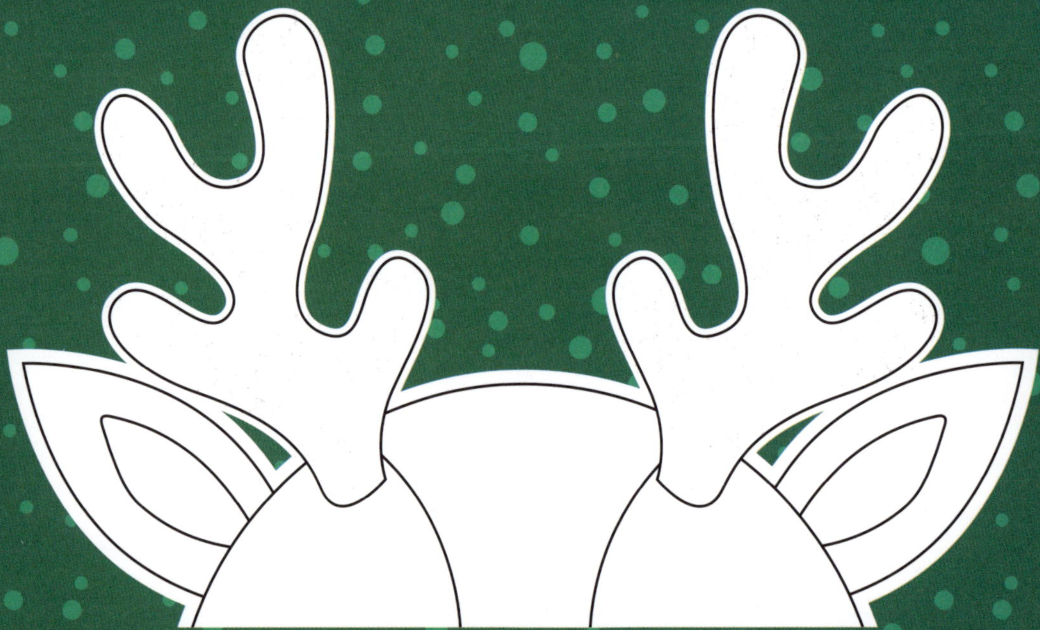

21

DEVINETTE

Comment appelle-t-on un elfe qui porte des cache-oreilles ?

OUVRE VITE POUR DÉCOUVRIR TA SURPRISE !

SÉANCE PHOTO

MATÉRIEL

Des crayons de couleur • Une paire de ciseaux
Des piques à brochette • Du ruban adhésif

1. Découpe les éléments ci-contre en suivant bien les pointillés.
2. Colorie-les et colle-les avec du ruban adhésif sur les piques en bois.
3. Avec ta famille, prenez des photos avec ces accessoires et dites « Noël » !

5 conseils pour une séance réussie en famille

Tu aimes, toi aussi, faire des photos ? Suis ces conseils pour un souvenir de Noël parfaitement réussi !

Choisis un endroit de la maison bien décoré pour être le décor de ta photo. Devant le sapin, par exemple.

Entraîne-toi à faire une ou deux photos pour être sûr que la lumière est bonne.

Demande à tous les membres de ta famille de mettre un accessoire de Noël (pull rigolo, bonnet, écharpe...).

Installe tout le monde au mieux. Les petits sur les genoux des grands par exemple.

Pense aussi à réaliser des photos thématiques : photo de grimaces, photo sérieuse, photo tête en bas...

Un stand photo pour Noël ?

Demande à tes parents de te prêter une tablette ou un téléphone avec un grand écran.

Place une source de lumière à proximité du petit coin que tu as choisi pour installer ton stand. Ainsi, l'éclairage sera parfait.

Place la tablette sur un meuble d'où elle ne risque pas de tomber. Fais tenir le dispositif grâce à des livres.

Teste le cadrage en demandant à une personne de se placer devant l'objectif.

Pour un max d'ambiance, n'oublie pas de prévoir des déguisements et les accessoires de la page de droite que tu auras découpés !

C'est parti pour une séance photo complètement folle ! Tout est permis !

HO HO HO

HO HO HO

22

BLAGUE

Comment fait-on rentrer deux pères Noël dans un réfrigérateur ?

OUVRE VITE POUR DÉCOUVRIR TA SURPRISE !

DESSINS MIGNONS

Dessine le Père Noël

Dessine un renne

Dessine un lutin

Complète selon le code indiqué et fais apparaître ce dessin mystère.

1

2

3

4

5

6

7

8

1	1	1	1	1	1	1	1	1	1	1	1	1	1	1	1	1	1	1	1	1	1	1
1	1	1	1	1	1	1	1	1	1	4	4	4	4	4	1	1	1	1	1	1	1	1
1	1	1	1	1	1	1	1	1	4	4	4	3	4	4	2	2	1	1	1	1	1	1
1	1	1	1	1	1	1	1	4	4	4	4	4	1	1	2	2	1	1	1	1	1	1
1	1	1	1	1	1	1	4	4	4	4	4	4	4	1	1	1	1	1	1	1	1	1
1	1	1	1	1	1	3	3	3	3	3	3	3	3	3	1	1	1	1	1	1	1	1
1	1	1	1	1	1	3	2	2	2	2	2	2	2	3	1	1	1	1	1	1	1	1
1	1	1	1	1	2	2	2	2	2	2	2	2	2	2	2	1	1	1	1	1	1	1
1	1	1	1	1	2	2				5				2	2	1	1	1	1	1	1	1
1	1	3	3	1	2		5	6	5	5	5	6	5		2	1	1	1	1	1	1	1
1	1	3	3	1	1	5	5	5	5	5	5	5	5	5	1	1	1	1	1	1	1	1
1	1	3	3	3	3		5	5				5	5		1	1	1	1	1	1	1	1
1	1	3	3	3	1			5		5		5			1	1	1	1	1	1	1	1
1	2	2	2	2	1	1								1	1	1	1	1	1	1	1	1
1	1	4	4	3	1	4	3						3	4	1	1	1	1	1	1	1	1
1	1	4	4	4	4	4	4	3				3	4	4	4	1	1	1	1	1	1	1
1	1	4	4	4	4	3	4	4	3	2	3	4	4	4	4	4	1	1	1	1	1	1
1	1	1	4	4	3	3	4	4	4	2	4	4	4	4	4	4	1	1	1	1	1	1
1	1	1	1	1	1	3	4	4	7	7	7	4	4	3	4	4	4	1	1	1	1	1
1	1	1	1	1	1	6	6	6	7	6	7	6	6	6	3	4	4	8	1	1	1	1
1	1	1	1	1	4	4	4	4	7	7	7	4	4	4	3	3	2	2	8	7	1	1
1	1	1	1	1	4	4	4	4	4	2	4	4	4	4	4	2	3	3	8	7	1	1
1	1	1	1	1	4	4	4	4	4	2	4	4	4	4	4	3	3	3	1	1	1	1
1	1	1	1	1	2	2	2	2	2	2	2	2	2	2	2	1	3	3	1	1	1	1
1	1	1	1	1	1	1	3	3	3	1	3	3	3	1	1	1	7	8	1	1	1	1
1	1	1	1	1	1	1	4	4	4	1	4	4	4	1	1	8	7	7	7	8	1	1
1	1	1	1	1	1	1	4	4	4	1	4	4	4	1	7	7	8	8	8	8	1	1
1	1	1	1	1	1	1	6	6	6	1	6	6	6	1	8	7	8	7	7	7	8	1
1	1	1	1	1	1	1	6	6	6	1	6	6	6	7	7	7	8	7	8	7	8	1
1	1	1	1	1	1	1	6	6	6	1	6	6	6	8	8	8	8	7	7	7	8	1
1	1	1	1	1	1	6	6	6	6	1	6	6	6	6	7	7	8	8	8	8	8	1
1	1	1	1	1	1	1	1	1	1	1	1	1	1	1	1	1	1	1	1	1	1	1
1	1	1	1	1	1	1	1	1	1	1	1	1	1	1	1	1	1	1	1	1	1	1

23

DEVINETTE

Pourquoi le Père Noël a-t-il une barbe blanche ?

OUVRE VITE POUR DÉCOUVRIR TA SURPRISE !

ORIGAMI SANTA

MATÉRIEL : Une feuille de papier carrée

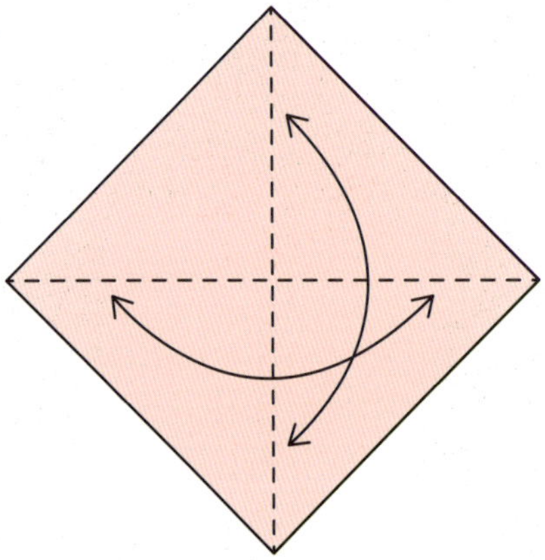

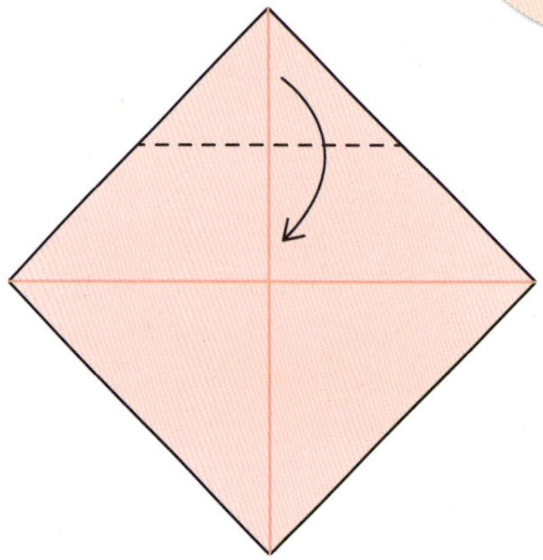

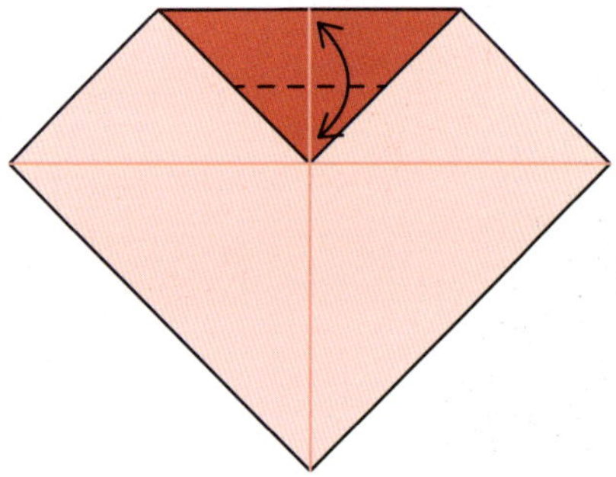

1 Commence par plier ta feuille en quatre en suivant les diagonales. Puis redéplie-la.

2 Prends le coin haut de la feuille et plie-le de façon à ce que la pointe touche le centre du carré.

3 Marque un pli en repliant le triangle sur lui-même de façon à ce que la pointe touche le bord haut.

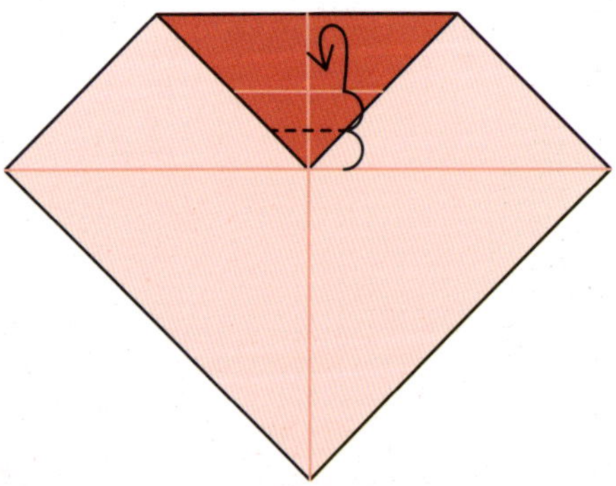

4 Replie la pointe du triangle jusqu'à ce qu'elle atteigne le premier pli. Puis replie encore une fois pour former une petite bande.

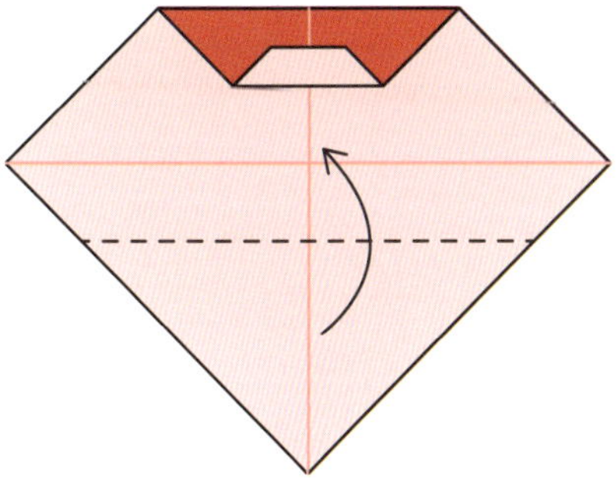

5 Prends la pointe du bas de ta feuille et replie-la jusqu'au bord haut.

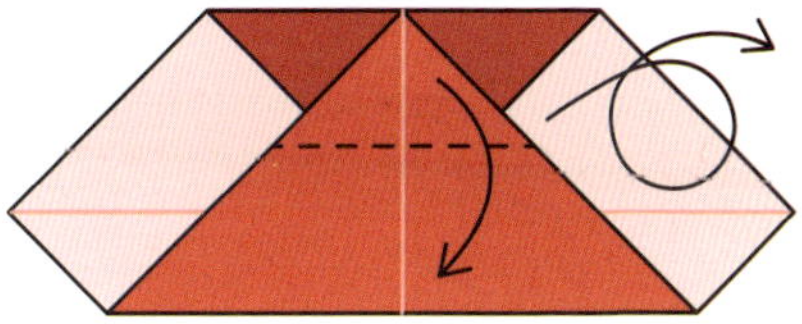

6 Plie le triangle que tu as formé pour que la pointe touche le bas de ton origami. Retourne ensuite ton pliage.

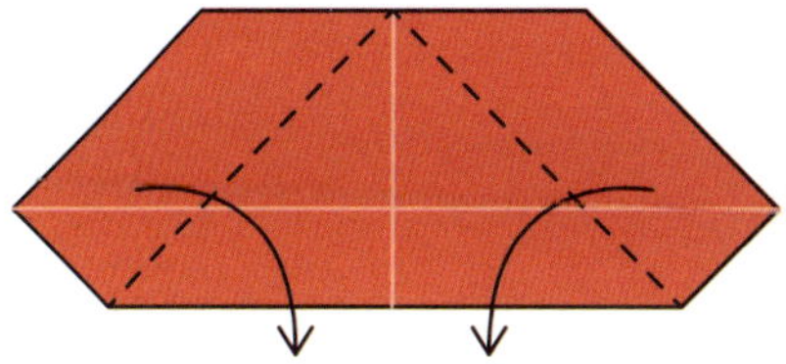

7 Plie les bords vers le centre de ton origami.

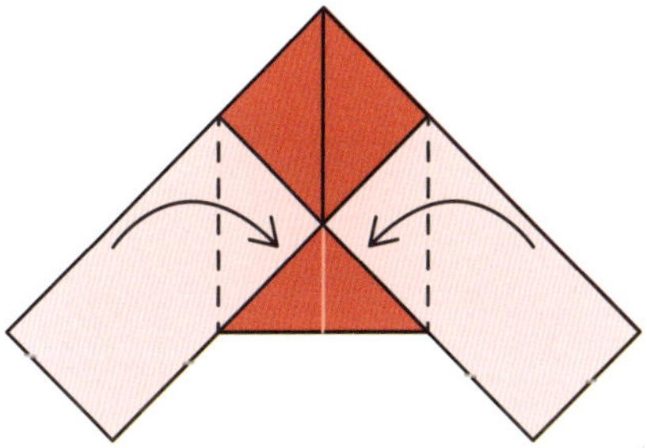

8 Replie les bords des deux rectangles l'un après l'autre vers le centre de l'origami.

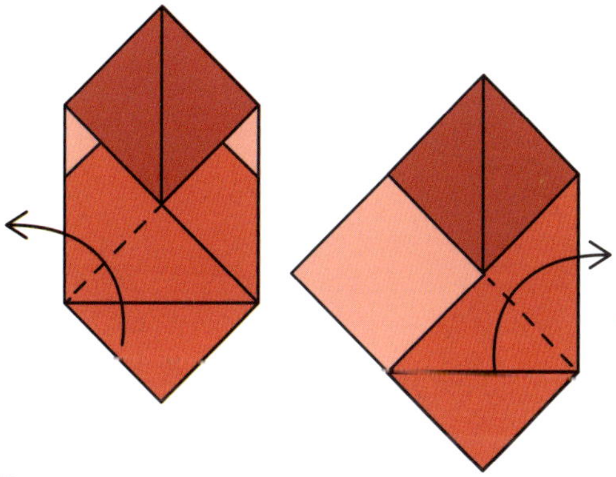

9 Plie les deux rectangles chacun leur tour vers l'extérieur de façon à ce qu'un triangle dépasse de chaque côté. Retourne ensuite ton pliage.

10 Tu peux maintenant dessiner un visage sur ton Père Noël. Inspire-toi des exemples ci-dessous.

24

DEVINETTE

Quel est le gâteau le plus dur du monde ?

OUVRE VITE POUR DÉCOUVRIR TA SURPRISE !

GOÛTER DE NOËL

Chocolat chaud de Noël

INGRÉDIENTS POUR DEUX TASSES

50 cl de lait • 20 g de sucre
100 g de chocolat noir
2 c. à c. de beurre de cacahuète
Une bombe de chantilly

Verse le lait dans une casserole et fais-le chauffer.

Une fois bien chaud, ajoute le chocolat coupé en petits morceaux.

Mélange avec une cuillère en bois jusqu'à ce que tout le chocolat ait bien fondu.

Ajoute le beurre de cacahuète et le sucre. Mélange bien.

Verse dans deux tasses et ajoute un peu de chantilly par-dessus !

INGRÉDIENTS

3 œufs • 80 g de farine • 80 g de sucre
De la pâte à tartiner • Du sucre glace
Du papier sulfurisé • Un torchon propre

1. Dans un saladier, fouette 1 œuf entier avec 2 jaunes d'œufs. Réserve les blancs pour plus tard.
2. Ajoute le sucre et mélange jusqu'à ce que la préparation blanchisse.
3. Ajoute la farine petit à petit et en remuant bien.
4. Fais monter les 2 blancs restants en neige.
5. Incorpore-les délicatement à la préparation.
6. Couvre une plaque du four de papier sulfurisé et verse la pâte.
7. Fais cuire 8 à 10 minutes au four à 180 °C.
8. Dès la sortie du four, demande à un adulte de démouler ta génoise sur un torchon propre. Retire le papier sulfurisé et roule le biscuit sur lui-même, avec le torchon.
9. Laisse refroidir 15 min.
10. Déroule délicatement la génoise, étale une bonne couche de pâte à tartiner. Enroule-la de nouveau.
11. Saupoudre le tout de sucre glace et place-y les décorations que tu as créées.

Pour une super déco

Découpe les sapins ci-contre en suivant les pointillés.

Fixe-les sur des cure-dents à l'aide d'un morceau de ruban adhésif. Le tour est joué !

25

LE JEU DE NOËL !

Bravo ! En récompense de tes efforts, découvre un super jeu de plateau à construire.

Le plateau

Découpe les deux parties de ton plateau de jeu en suivant les pointillés.

Colle les deux parties du plateau en les assemblant par la zone grisée.

Maintiens bien les deux parties de ton plateau. Fais attention à ce que les deux plateaux soient dans le même sens !

Une fois que la colle a séché, choisis tes plus belles couleurs pour colorier ton jeu.

Les pions

1. Prends la page avec les pions.
2. Découpe avec soin les figurines et les supports en suivant les pointillés.
3. Avec une paire de ciseaux pointus, découpe les encoches en suivant les pointillés bleus.
4. Une fois tous les éléments découpés, assemble une figurine avec deux supports pour qu'elle tienne debout et forme un pion !
5. Assemble le dé en collant et en assemblant les languettes entre elles.

Le conseil en +

Tu peux créer tes propres pions en dessinant de jolies licornes dans un papier épais, ou bien en utilisant des petites figurines !

Règles du jeu

- 2 à 4 joueurs
- 1 pion par joueur
- 1 dé

• Chaque joueur choisit un pion et le place sur la case DÉPART.

• Le plus jeune joueur commence, lance le dé et avance du nombre de cases indiqué. C'est ensuite au tour du joueur suivant.

• Si un joueur tombe sur une case spéciale, il lit ce qui est indiqué et fait l'action requise. C'est ensuite au tour du joueur suivant.

• Le premier joueur à atteindre la case ARRIVÉE en faisant le bon chiffre remporte la partie !

• Si le chiffre ne permet pas d'arriver pile sur la case ARRIVÉE, le joueur recule d'autant de cases qu'il y a de chiffres restants.

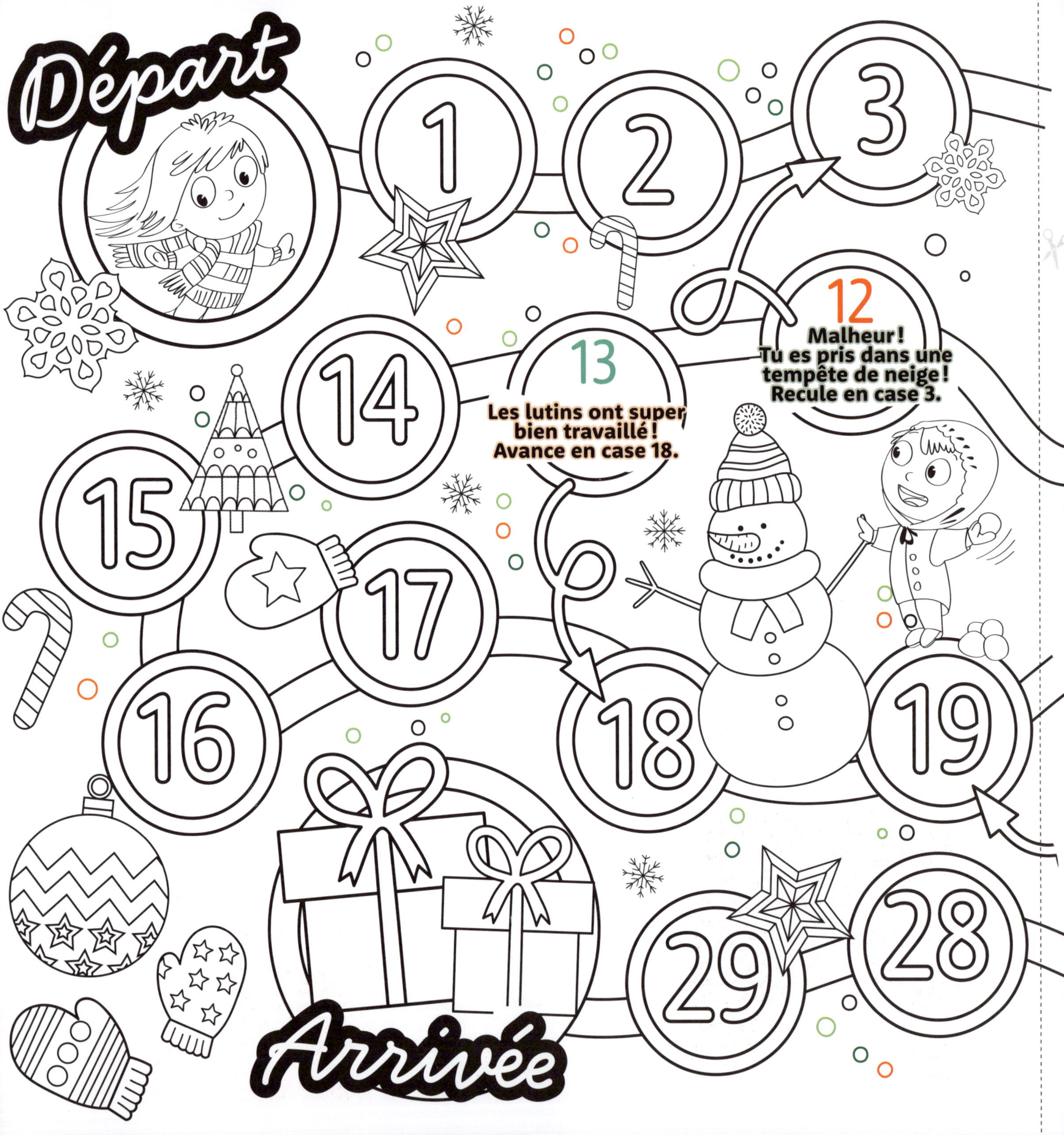
Départ
1
2
3
12
Malheur !
Tu es pris dans une
tempête de neige !
Recule en case 3.
13
Les lutins ont super
bien travaillé !
Avance en case 18.
14
15
16
17
18
19
28
29
Arrivée

4
5
6
Avec une luge, tout va plus vite ! Avance en case 10.
7
8
L'atelier du Père Noël est en plein boum ! Avance en case 23.
9
10
11
20
21
Zut ! Il est temps d'hiberner... Va faire une sieste en case 11.
22
23
24
25
26
27
Oh non ! Les rennes sont affamés... Fais une pause goûter en case 19.

SOLUTIONS

1 Cheminée.
Che - Mie - Nez.

2 Un chapin de Noël.
Chat peint.

3 Le traîneau du Père Noël.
Le Père Noël a 1 tête,
2 jambes et deux bras.
Un renne possède 1 tête et
4 jambes. Puisqu'ils sont 8,
cela fait 8 têtes et 32 jambes.

4 Je vais me faire
enguirlander !

5 Guirlande.
Gui - Re - Lent - 2.

6 Le flocon.

8 Puisqu'elle double tous
les jours, elle mettra
9 jours car elle aura
atteint la moitié de la
distance jusqu'aux pieds.

9 Impossible de se faire
dévorer par un ours
brun : il n'y en a pas au
pôle Nord ! Donc s'il
choisit cette option, le
Père Noël s'en sortira
sain et sauf !

10 Paul. Pôle Nord.

11 Chocolat.
Chaud - Col - A.

12 Casse-Noisette.
K - Ce - Noix - Sept.

13 C'est une flaque d'eau.

14

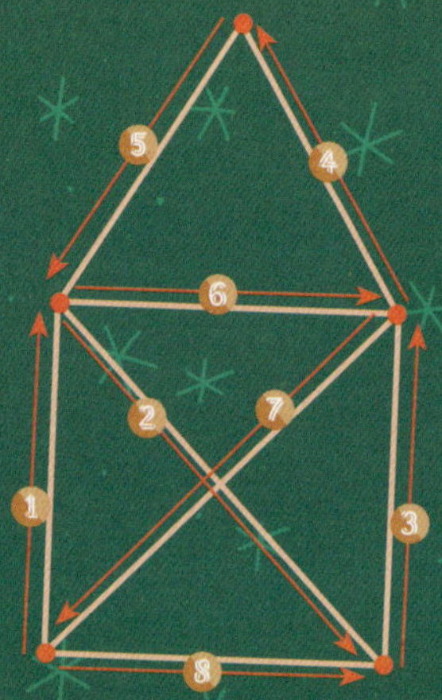

15 Le berger.
(Le berger allemand
l'étoile du berger)

16 Le chalet.
Chat - Lait.

18 Les papillotes.
Pas - Pie - Hotte.

19 Au fils de celui qui a écrit la lettre.

20 Renne.
Ré - Nœud.

21 On l'appelle fort !

22 C'est impossible : il n'existe qu'un seul Père Noël !

23 Pour ne pas être confondu avec le Petit Chaperon Rouge.

24 La bûche de Noël.